おはなし日本文化
落語

まいど ばかばかしい お笑《わら》いを！

赤羽《あかはね》じゅんこ 作
フジタヒロミ 絵

講談社

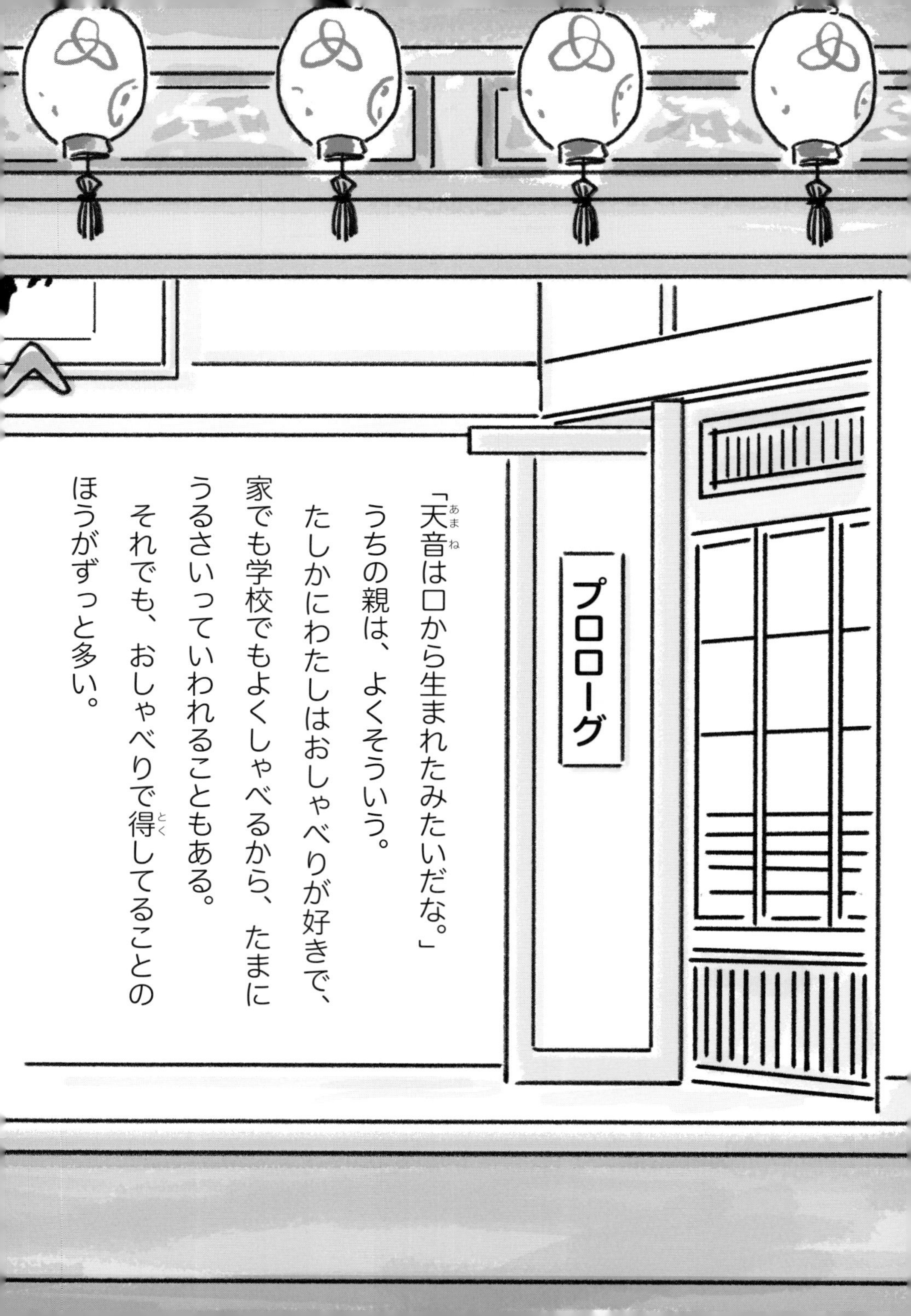

プロローグ

「天音《あまね》は口から生まれたみたいだな。」

うちの親は、よくそういう。

たしかにわたしはおしゃべりが好きで、家でも学校でもよくしゃべるから、たまにうるさいっていわれることもある。

それでも、おしゃべりで得《とく》してることのほうがずっと多い。

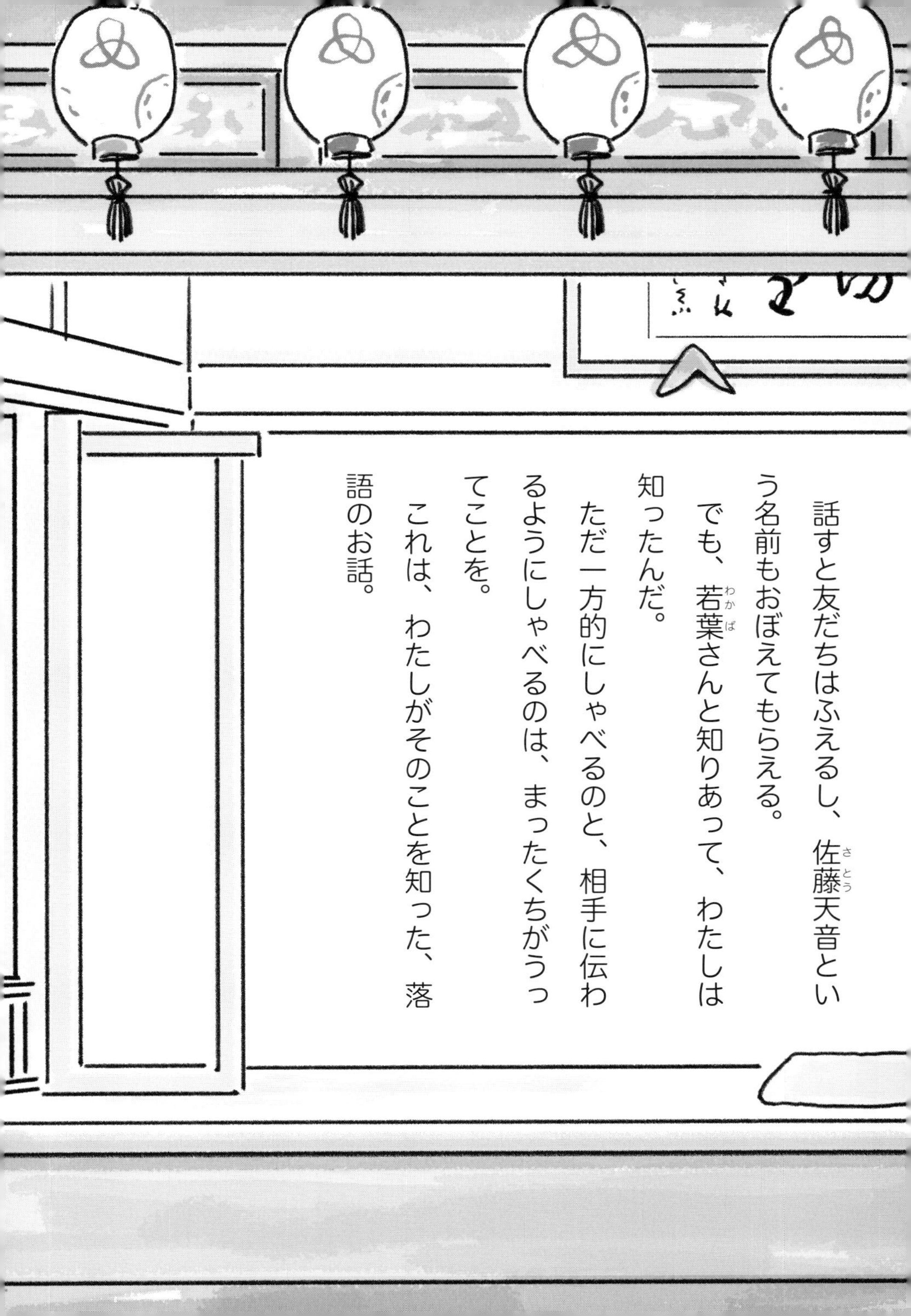

話すと友だちはふえるし、佐藤《さとう》天音という名前もおぼえてもらえる。
でも、若葉《わかば》さんと知りあって、わたしは知ったんだ。
ただ一方的にしゃべるのと、相手に伝わるようにしゃべるのは、まったくちがうってことを。
これは、わたしがそのことを知った、落語のお話。

1 近所の落語家さん

「それでね、先生がくしゃみしたら、メガネがずれてね、そしたら、大久保《おおくぼ》くんが笑いだしていすからころげおちたの。そしたら……ええと、なんの話だったっけ？」

わたしはおかあさんを見る。

「『宿題、出たの？』って聞いただけ。そしたら、天音が授業《じゅぎょう》の話をしだしてとまらなくなったのよ。もう、いいから、ごはん食べて。さっきからしゃべりっぱなし。」

「はいはい。食べるよ。あれ、このコロッケ、吉田《よしだ》やの？　あそこのおじさんさ、うちの学校の卒業生だって知ってた？　今度ゲストティーチャーで授《じゅ》業《ぎょう》してくれるんだって。お肉やさんの授業《じゅぎょう》ってさ……。」

「もう、食べなさいって、いってるのに……。」

「あ、いけない。つい、しゃべりたくなっちゃう。」

「天音はおしゃべりが好きだもんね。そうだ、今度、落語でも習ってみたら？　特技《とくぎ》になるんじゃない？」

「え、なに？　急に落語って？」

「最近、落語家さんがおかあさんと同じランニングクラブに入ってきたのよ。とても話しやすい人で、なんと、うちの向かいのアパートに住んでいたの。」

「す、すごいじゃないか。ほんとか？」

いつもは無口なおとうさんが目をみはった。

おとうさんは落語が好きで、ときどきスマホで聞いているという。

「ほんとよ。うちの子、おしゃべりが好きだっていったら、興味《きょうみ》あるなら、落語、教えてあげるっていってた。」

「いいなー、やってみたら。プロに教われるなんて、めったにない。それに、落語みたいな日本伝統《でんとう》の芸ができたら、一目おかれるぞ。」

「どうかな？　落語家って、おじいさんばかりでしょ。」

わたしは首をかしげた。テレビ番組でざぶとんをとりあっているのは、年配のおじいさんばかり。地味な印象《いんしょう》しかない。

「ううん、その人は、若《わか》い女の人。悠々亭《ゆうゆうてい》若葉さんっていうの。感じがよくておしゃべりも楽しくてすてきなのよ。天音も落語を習ったら、その人みたいに話し方がうまくなるかも。」

「へえ、女の人の落語家もいるんだ？」

たしかにおもしろおかしく話すことができたら、人気者になれるかもしれない。

クラス委員の砂羽《さわ》ちゃんは、とても話し方が上手で、いつもまわりには友だちが集まっている。砂羽ちゃんみたいに、みんなに聞いてもらえるようにおしゃべりできたらって、ずっと思っていた。

よし。その落語家さんに、会いにいってみようかな。

話し方がうまくなったら、もっとたくさん、友だちができるかもしれない。

一週間後。

おかあさんがたのんでくれて、落語家さんに会えることになった。会うのは初めてだからと、おかあさんもいっしょだ。

「まってたわよ。悠々亭若葉です。あなたが天音さんね。」

若葉さんは、ていねいにおじぎをしてむかえてくれた。髪《かみ》は明るい茶色で、ばっちりメイクしていて、わたしが思いえがいていた落語家さんとはちがっていた。

「落語に興味《きょうみ》あるの？」

ストレートに聞かれた。

「はい。みんなを笑わせるって、やってみたい。それに、しゃべり方もうまくなりたい。」

すると、おかあさんがわりこんでくる。

「この子、しゃべりたいことがいっぱいあるみたいで、ときどき、話しながらごっちゃになるの。」

「おかあさんったら。」

わたしは「もうっ。」と、おかあさんのシャツをひっぱる。

若葉さんは、にっこり目を細めた。

「元気でいいわよ。わたしもおしゃべりな子どもだったの。しゃべりたいことがいっぱいありすぎて、話しながらわかんなくなったりして。」

「あ、それそれ、同じです。」

何度も大きくうなずいた。「元気でいいわよ。」っていわれて、うれしかったし、若葉さんに親しみを感じた。落語家さんってどんな人かとドキドキしていたけど、やさしい人みたい。

それから、おかあさんと若葉さんはランニングのことで世間話を始めた。おかあさんは、走ってもなぜかやせないとかいってる。あんなにおかしを食べるせいだと思ったけど、二人で「それが不思議よね。」とかいいあっている。わたしにしてみれば、そういう大人の会話のほうが不思議だ。

そんな世間話が終わると、若葉さんはこっちをむいた。

「そうだ。天音さん、せっかく落語をおぼえるなら、舞台《ぶたい》に立って演《えん》じてみたらどう？　目標があるほうがやりがいがあるでしょ？」

若葉さんは、近所の老人ホームによばれて落語を披露《ひろう》するそうだ。よかったら、それにわたしも出ないかという。

「いいんですか？　わたしが出ても。」

「大歓迎《だいかんげい》。子どもが演《えん》じたら、お年寄《としよ》りたち、大喜《おおよろこ》びよ。でも、あと二か月くらいしかないから大急ぎでおぼえないとならないけど。」

いきなりでびっくりした。だけど、舞《ぶ》台《たい》に立つのは、きらいじゃない。うでだめしに、やってみたい気もする。

「落語を暗記して、それを、しゃべればいいんですよね。」

そう聞くと、若葉さんは首をかしげた。

「うーん。ただ、しゃべればいいってものでもないのよ。おぼえることはいっぱいあって……。でも、天音さんががんばるなら、きっとできると思う。」

すると、おかあさんが口をはさんできた。

「それはやめておいたほうが。お客さんに聞いてもらうなんて、天音にはムリです。だって、たった一人で全部、やるんでしょう？」

たしかに、落語って、最初から最後まで一人で演《えん》じなきゃならない。音楽会みたいに、みんながいるから、一人がまちがえても、まわりにまぎれてわからないってことはない。

でも、おかあさんに、「天音にはムリ」って決めつけられると、おもしろくなかった。そんなことないって反発心がわく。

「わたし、できるよ。算数はだめでも、しゃべることならとくいだから。やってみたい。」

若葉さんのほうに体を乗りだしていう。なのに、おかあさんが、わたしの肩《かた》に手をかけてひっぱった。

「なげださないで、ちゃんとやれる？　あなた、あきっぽいから心配。まずは、落語をおぼえてから考えたら。」

こんなふうに心配されると、ますます意地になった。

「もうっ、できないって、最初からいわないでよ。」

おかあさんを軽くにらんでしまう。

「だいじょうぶでしょうかね？　うちの子でも。」

おかあさんはまゆをよせて、わたしと若葉さんを交互《こうご》に見る。

「ええ、元気だし、明るいし、本人もやってみたいといってくれてます。わたしも最初に落語をおぼえたのは、天音さんくらいのときだったの。それに目標があるほうが、やる気が出ます。ねっ、天音さん、いっしょにがんばりましょう。」

若葉さんが手をぎゅっとにぎってくれたから、うれしさがわきあがってきた。若葉さんは、わたしのこと、ちゃんと信用してくれてる。おかあさんみたいに、できないって決めつけたりしない。

「よろしくお願いします。」

わたしは、元気よくぺこりとおじぎをした。

そのときは、落語を一つ、おぼえて話すくらい、すぐできるって簡単《かんたん》に考えていたんだ。

おかあさんが先に帰ったあと、若葉さんは、落語についてわかりやすく教えてくれた。

落語というのは、その字のとおり、『落《お》ち』を語る話なんだという。江戸時代《えどじだい》の集合住宅《しゅうごうじゅうたく》、長屋に住んでいるにぎやかな熊《くま》さんや八《は》っつぁん、失敗ばかりの与太郎《よたろう》、とぼけた殿様《とのさま》などが出てくる話が多く、その人たちの会話でなりたっている。どの話にも、最後に『落ち』があり、その気のきいたセリフにくすりとしたり、言葉遊びをおもしろがったりするそうだ。

最後に質問《しつもん》はあるかと聞かれ、わたしはたずねた。

「落語にも学校とか、あるんですか？　漫才《まんざい》には学校があるって、テレビで芸人さんがいってたけど。」

「落語には学校とかはないの。落語家になりたかったら、師匠《ししょう》に弟子入《でしい》りして教えてもらうのよ。わたしも、悠々亭の師匠《ししょう》に弟子入《でしい》りしたの。大学を出たときにたのみこんで。」

「へえー。弟子入《でしい》り……。」

こわーい顔の師匠《ししょう》がビシビシ指導《しどう》するのが頭にうかんできて、思わず「大変そう。」といってしまう。すると、若葉さんはハハハと声をたてて笑った。

「こわくなんてないわよ。うちの師匠《ししょう》は芸にきびしいけど、やさしい人だし。それから、落語家には階級ってものがあるの。前座《ぜんざ》、二ツ目《ふため》、真打《しんう》ちってね。弟子入《でしい》りしたばかりは前座。楽屋のいろんな雑用《ざつよう》をしたり、寄席《よせ》でたいこをたたいたり、師匠方《ししょうがた》のためにはたらくの。その次が二ツ目。雑用《ざつよう》から解放《かいほう》されるけれど、一人前ではないから勉強しないとならない。わたしはまだ、その二ツ目よ。一人前と胸《むね》をはれる、真打ちをめざしてがんばっているところ。生活費《せいかつひ》をかせぐアルバイトもしながらね。」

「そんなふうになってるって、知らなかった。いっぱい勉強しないとならないんですね。」

「伝統芸能《でんとうげいのう》だからね。でも、すてきな職業《しょくぎょう》よ。最初、こーんなしぶい顔をし

真打ち制度《せいど》（落語家の階級）

落語家になりたい人は、まず師匠《ししょう》に弟子《でし》入《い》りして、見習いとなります。師匠《ししょう》の家に通ったり、住みこみをしたりしながら、着物の着方やたたみ方を学び、師匠《ししょう》のかばん持ちなどをして、落語家の作法やマナーを身につけます。その後、数か月から１年ほどで、前座《ぜんざ》になります。

前　座： 師匠《ししょう》の身の回りの世話、楽屋の雑用《ざつよう》などをしながら、師匠《ししょう》から落語を学びます。３～４年の修業《しゅぎょう》ののち、二ツ目となります。

二ツ目： 前座の着物は着流しでしたが、二ツ目は羽織《はおり》や袴《はかま》の着用が許《ゆる》されます。10 ～ 15 年ほどつとめたのち、真打ちになります。

真打ち：「師匠《ししょう》」と呼《よ》ばれ、舞台《ぶたい》でいちばん最後に出演《しゅつえん》するトリをつとめる資格《しかく》、弟子《でし》をとる資格《しかく》を得《え》ます。

て聞いていたおじいさんがね、ガハハハって気持ちよさそうに笑うと、『やったぁっ。』て体の底からほかほかしてくる。落語家は人を幸せにする仕事なんだよ。」

なんか、若葉さんの話を聞いていたら、どんどん落語に興味《きょうみ》がわいてきた。

「わたしも人を楽しませたい。笑わせたい。」

「じゃ、がんばろうね。次から落語を教えるから、浴衣《ゆかた》があったら着てきて。和服になれるために、まずは浴衣《ゆかた》を着て稽《けい》古《こ》しましょ。」

「浴衣《ゆかた》はあります。金魚の柄《がら》で、すごーくかわいいんです。それで夏祭りに行ってね、アコちゃんとシノちゃんと……。」

わたしが夏祭りのことを話しだすと、若葉さんは困《こま》ったように時計を見た。

「ごめんなさい。夏祭りの話は今度聞かせてね。

もうすぐ出かけないとならないのよ。

あと、次くるときは、できたら扇子《せんす》とてぬぐいももってきてね。」

若葉さんは、自分の扇子《せんす》をぱっとひろげてみせる。

「扇子《せんす》とてぬぐいって？」

「天音さん、扇子《せんす》とてぬぐいのつかい方、知らない？」

若葉さんが大きく目をみはった。

わたしはちょっとあせる。知ってることがあたりまえだったのかも……。

「まさかぁ。ただ、うちにあったかなって……。」

「そうよね。落語をやりたいんだもの、てぬぐいのつかい方、知ってるわよね。じゃ、もってきて。なかったらうちのをかすから。」

そういわれて、ひとまず、ほっと胸《むね》をなでおろした。

ほんとうは、てぬぐいのつかい方について、なにも知らなかった。てぬぐい自体も、よく見たことがない。

でも、ま、どうにかなるはずだ。ネットで調べれば、たいていのことはのってる。あとで、調べてちゃんと読めばいい。

「お稽古《けいこ》、楽しみです。」

そういって、若葉さんにむかって大人っぽくおじぎをした。

2 失敗を笑いに変える？

落語を練習する日、浴衣《ゆかた》を着て、扇子《せんす》とてぬぐいをもって、若葉さんのところに行った。

「さあ、どうぞ。こっちの部屋でやりますよ。」

そういって、たたみの部屋に案内してくれた。ふすまをあけると、無地のざぶとんが二つ。そういえば、落語家さんって、ざぶとんに正座《せいざ》して話してたな。

わたしもおそるおそる正座《せいざ》をしてみる。

なんともきゅうくつですわりにくい。

「さっそくお稽古《けいこ》をしましょうね。」

最初に、おじぎのしかたから教わった。扇子《せんす》

を前において、両手をついて頭をさげる。

これから聞いてくださいと、心をこめて頭をさげるそうだ。

「聞いてくれるお客さんあっての落語家だからね。」

体をふらふらさせないで、きれいにおじぎするのがいいらしい。

「そうだ。てぬぐい、もってきた？」

「はい。ここに。いつでもちゃんとつかえます。」

そういって、たたんだてぬぐいで汗《あせ》をふいてみた。

ネットで『てぬぐいのつかい方』を調べたら、『手をぬぐう、汗《あせ》をふく、品物をつつむ、スカーフみたいに首にまく』と書いてあったから。

「えっ？」と若葉さんがきょとんと目を見ひらいたので、まちがえたとわかる。

汗《あせ》をふくんじゃなかったみたい。

だったらと、わたしはてぬぐいを首にまいた。

「どう？」

そういったとたん、若葉さんはふきだして、おなかをかかえて大笑い。

「ハハハ。ごめん、笑っちゃって。でも、おかしくて。落語ではね、そんなふうにつかわないの。小道具のように、見立ててつかうのよ。」

「てぬぐいが小道具？　見立て？」

実際《じっさい》に、若葉さんがやってみせてくれる。たたんだてぬぐいのはしをめくって、本を読むようなしぐさをしたり、てぬぐいを財布《さいふ》に見立てて、お金をとりだすようなしぐさをしたり。

わたしは目をみはった。てぬぐいが本に

見えたり、財布《さいふ》に見えたりする。

たたんだだけの布《ぬの》なのに、めくってみせれば本、腰《こし》あたりにもっていけば財布《さいふ》と、しぐさだけで、その動作の雰囲気《ふんいき》が出せる。

そばの食べ方もやってみせてくれた。手をそばちょこをもつようにかまえ、扇子《せんす》をはしに見立て、食べるまねをするんだ。ズズズって音まで出すから、ほんとうにそばを食べているように見える。

てぬぐいの四角い布《ぬの》が、若葉さんのしぐさでいろんなものに見えるんだ。

「なーんだ。そういうことなのか。」

両手で顔をかくした。かんちがいして、はずかしい。

「わたしったら、もう、帰りたい。」

「いいの、いいの。気にしないでね。落語にはね、知ったかぶりやドジをする人がいっぱい出てくるの。だから、知ったかぶりした天音さんは、おもしろい落語をする素質《そしつ》があるってことよ。」

「ええ、それって、ほめられてる？」

失敗したのに、落語っぽいってどういうことだろう？

若葉さんはすわりなおして、まじめな顔になった。

「落語はね、庶民《しょみん》の笑いだから、えらい人や立派《りっぱ》な人はあまり出てこないの。すぐとなりにいるような人、ああ、こういう人もいるな、ああいう人もいるなって共感できる人たちを愛情《あいじょう》こめて演《えん》じるの。だめなとこがあったり、失敗しちゃったりするから人間らしいんでしょ。その人間らしさを認《みと》めて、笑いとばして、生きるエネルギーに変えるのが落語のよさ。」

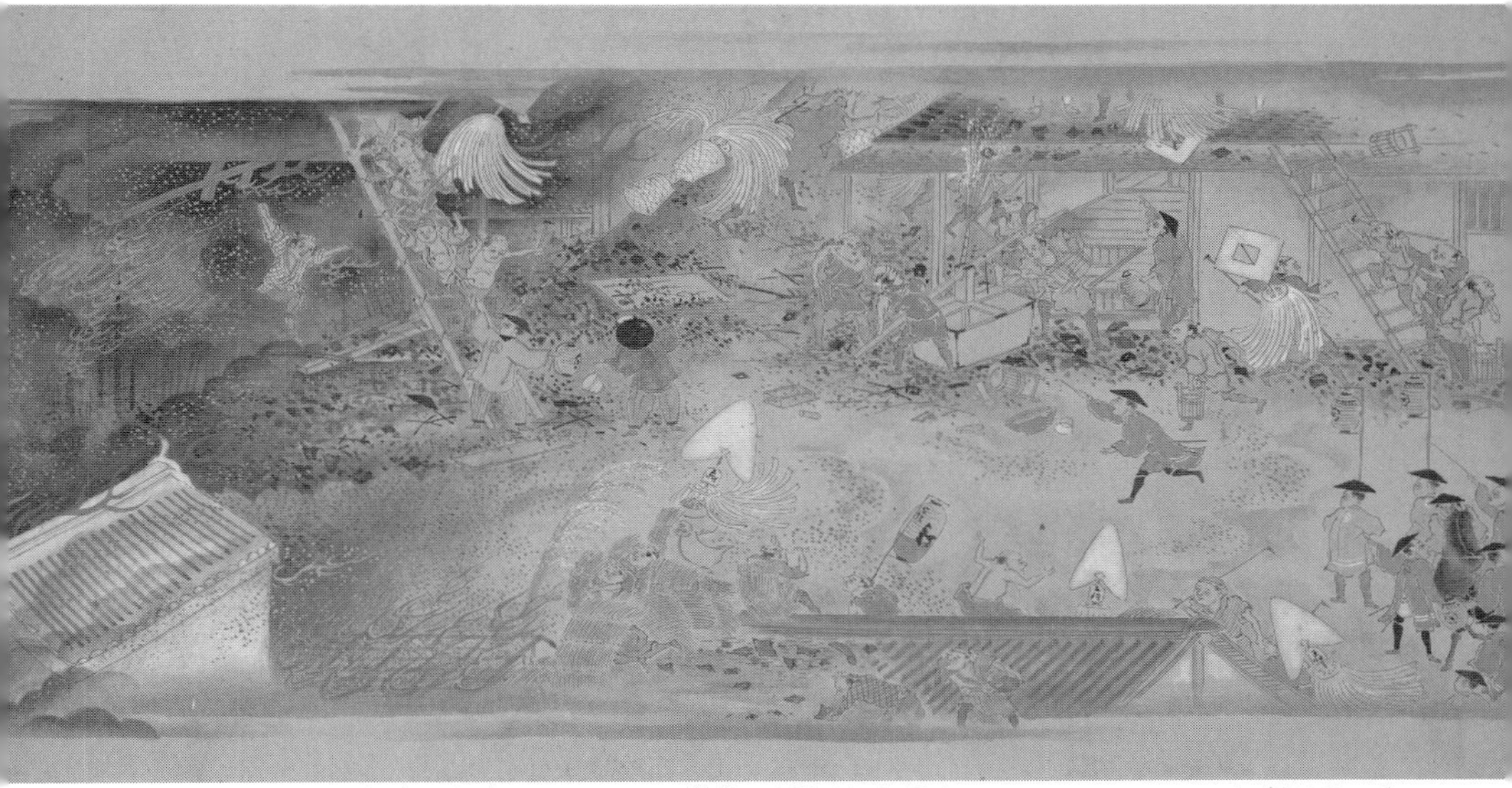

1772年の「明和《めいわ》の大火《たいか》」のようす。現在《げんざい》の東京都目黒区《とうきょうとめぐろく》あたりから出火し、江戸城下《えどじょうか》に燃《も》え広《ひろ》がった大火事。「火事とけんかは江戸の華《はな》」といわれるほど、江戸時代は火事が多かった。『目黒行人阪火事絵巻《めぐろぎょうにんざかかじえまき》』より（国立国会図書館デジタルコレクション）

江戸時代はひんぱんに火事があったり、疫病《えきびょう》がはやったり、庶民《しょみん》の生活は苦しいことも多かったという。そういう人たちに、ひととき楽しみをあたえるのが落語なんだそうだ。

若葉さんも、大学時代、友だちができなくてさびしかったときに、落語サークルに入り、落語のあたたかさにひかれ、のめりこんだという。

「まずは、一席、やってみるから見ててね。」

そこで若葉さんは、深くおじぎをして演《えん》じ始《はじ》めた。

【転《てん》失《し》気《き》】

あるお寺のおしょうさんが、お医者さんに「『転失気』はありますか。」と聞かれ、はたと困《こま》る。まったく聞いたことのない言葉なのだ。でも、みえっぱりのおしょうさんは、知らないとはいえない。その場はごまかし、あとで小僧《こぞう》の珍念《ちんねん》をよび、『転失気』をもってきなさいと命じる。

しかし、珍念も『転失気』など知らない。おしょうさんは、そんなことも知らないのか、はずかしいぞとしかりつけ、調べなさいといいつけた。

「へんなことたのまれたな。転失気ってなんだろう。」

首をひねりながらも、珍念は、近所のお店で聞いてみるが、みんな、『転失気』を知らないようで、おかしな答えばかりかえってくる。こうなったらと、直接《ちょくせつ》、お医者さんに聞いてみると、これが「おなら」のことだといわれる。

「ははーん、さては知らなかったのに、知っているふりをして、自分にさがさせようとしたんだ。」

珍念は、おしょうさんに対してあるいたずらを思いつく。『転失気』はお酒を飲む盃《さかずき》のことだとうそを伝えるのだ。

「珍念、よくわかったな。盃《さかずき》は酒を呑《の》む器《うつわ》だ。だから、呑酒器《てんしき》というのだぞ。」おしょうさんはすっかり信じこみ、珍念は笑いをこらえるのが大変だった。

そして、お医者さんが再《ふた》びくる日。おしょうさんは、お医者さんに『転失気』を見せたいといいだした。

「おーい。珍念、『転失気』をもってきなさい。」

珍念は三段重《だんがさ》ねの上等な盃《さかずき》が入った木箱を、お医者さんの前においた。
おどろいたのはお医者さん。『転失気』がわたにつつまれ、箱に入っている
なんてと首をひねる。
「このわたを開くと、におうのでしょうな。」
根っからまじめなお医者さんは、注意深くとりだそうと、わたをおそるお
そる手にとり……。

話にぐいぐいひきこまれ、聞き入っていた。
みえっぱりで、『転失気』のことを知らないといいだせないおしょうさん。
おしょうさんをだまそうと悪知恵《わるぢえ》をはたらかす珍念。
みえをはってしまったために、大恥《おおはじ》をかいてしまうストーリーがとてもお
もしろい。
全部、若葉さんが一人で話しているのに、おしょうさんやお医者さん、小《こ》

僧《ぞう》の珍念と、それぞれが話しているように聞こえるんだ。

わたしも知ったかぶりをしたばかりだったから、おしょうさんのはずかしい気持ちもよくわかる。

そして、最後の『落ち』も、ニヤリとしてしまうものだった。

だから、終わると同時に「その落語、やってみたい。」と身を乗りだしていた。

「ふふふ。そう？　わたしもこの落語、天音さんにぴったりだと思うわ。そうと決まったら、いっしょにがんばろうね。」

若葉さんがハイタッチと手をあげたから、わたしも手をのばした。

でも、タッチする前に、ドタッとたおれてしまった。

「イタタタ。足が、足が……。」

なれない正座《せいざ》で、足がしびれてしまったのだ。

「あらら、ふふふ。だいじょうぶ？　天音さんって、なんだか落語の主人公みたい。」

若葉さんが、口をおさえておかしそうに笑った。

3 稽古《けいこ》開始

こうして老人ホームで披露《ひろう》する落語は、『転失気』に決まった。

わたしはうれしくなって、クラスのみんなにもいってまわった。

「今、落語家さんに落語を習ってるんだ。おもしろい話なんだよ。」

みんなおどろいたような顔をした。

「落語なんて、むずかしそう。」

「プロの落語家さんに教えてもらえるなんて、すごいね。」

「おぼえたら、聞かせてよ。」

応援《おうえん》してくれる友だちもいたが、なかには、ちがった反応《はんのう》もあった。

「また、新しいことやるの？　天音、だいじょうぶ？」

「すぐに、やめちゃったりして。」

「やめたりしないよ。だって、老人ホームでやることだって、決まってるんだから。爆笑《ばくしょう》をとるんだから。」

そういいかえしたけど、ちょっぴり不安もあった。

スイミングもお習字も長く続かず、やめている。どちらも、やり始めはおもしろかったんだけど、むずかしくなるとつまんなくなり、自分にはむいてないと思ってしまった。

けど、落語はちがうはず。だって、しゃべることだから。とくいなことだから、きっとがんばれる。

ちゃんと老人ホームで披露《ひろう》して、できないっていった人を見かえしてやらなきゃ。

そんなふうに、はりきっていたのだが、いざ稽古《けいこ》を始めると、いきなり壁《かべ》にぶつかった。

落語の暗記だ。

まず、まるごと、最初から最後まで暗記しないと始まらない。セリフ一つ一つ、順番におぼえるのだ。

若葉さんが演《えん》じている動画をくれたので、それを見ながらセリフを書きうつし、自分の台本をつくることにした。

プロの落語家は、台本なんてつくらないそうだ。師匠《ししょう》の落語を聞いて、暗記するという。

とくに昔の落語の稽古《けいこ》では、三遍稽古《さんべんけいこ》というしきたりがあって、師匠《ししょう》が演《えん》じているとき、弟子《でし》はメモをとったりすることも許《ゆる》されず、目と耳だけをたよりに三回聞いただけでおぼえなきゃならなかったとか。

すごいスパルタ。無茶すぎだ。

今はそんなにきびしくなく、師匠《ししょう》によっては、録音することを許《ゆる》してもらえるらしい。

でも、わたしは録音を聞いただけで暗記するのもむずかしいので、セリフ

を一つ一つ聞きとって書いていくことにしたんだ。

珍念の言葉はみどりのペンで書いて、気をつける動作のところはオレンジのペンで書き、イラストもそえた。

時間はかかったけど、なんとかカラフルな台本ができた。

その台本を毎日読みあげ、頭にたたきこむようにした。

でも、すぐにまた忘《わす》れちゃう。

最初はよくても、まん中から後ろがあやしい。

このときばかりは、落語家さんを尊敬《そんけい》

した。もっと長い落語をいくつもいくつも暗記して忘《わす》れないんだもの。わたしは、この『転失気』一つおぼえるだけでも大変だ。

とにかく繰《く》りかえししゃべって頭にたたきこもうと、お風呂《ふろ》に入ってるとき、寝《ね》る前のベッドの中、学校からの帰り道と、時間があるかぎり練習して頭に入れた。

通して全部をおぼえたときは、うれしくてうれしくて、おかあさんとハグしたくらい。

あとは、ちゃちゃっと話せばいい。たぶん、このあとは楽勝だと思ったんだ。だが、それはあまかった。それからがさらに大変だったんだ。

ただ話すんじゃなくて、芸を演《えん》じなければならないから。

落語は前をむいて話すんじゃない。語る人によって、右をむいたり、左をむいたりと顔のむきを変える。これを「上下《カミシモ》をつける」という。上手《かみて》（むかって右）をむいたり、下手《しもて》（むかって左）をむいたりしながら話すのだが、これが思った以上にむずかしい。

おしょうさんが珍念に話す場合は、下手をむいて話すが、珍念がおしょうさんに話す場合は、上手をむいて話す。その都度、顔のむきを変えなくちゃならないのに、とちゅうで上手と下手がわからなくなってしまう。

やっとなんとかできるようになると、話し方について注意された。

「天音さんは、せっかちなのかな。ダダーって話しちゃうの。伝わるように話すには、聞き手がうけとる話の『間《ま》』が大事なの。」

「間？」

「うん。これがむずかしいんだけどね。」

若葉さんは、キャッチボールを思いうかべろという。相手がちゃんとかまえてから投げないと、相手はうけとれない。言葉も同じで、相手の準備《じゅんび》ができてから、次の言葉をいうほうがいいというのだ。

「一方的に話すのと、伝わるように話すのってちがうのよ。落語家さんたちは、お客さまをよーく見て、その場にあうネタ（演目《えんもく》）を決め、聞き手にあわせるように演《えん》じるの。」

「その場で？」

目をまるくした。あらかじめ決めて、練習をして、出演《しゅつえん》するのかと思ってたから。

「そう。寄席《よせ》などではね、会場をよーく見て、その日のお客さんにあわせたネタを選ぶの。子どもがきてたら、子どもにもわかる話にしよう、とか、女《じょ》性《せい》が多かったら、女性《じょせい》がおもしろがる話にしよう、とか考えてやるの。」

「へえ、じゃ、たくさん、ネタをおぼえてないといけないんですね。」

「そうなの。寄席《よせ》は順番で落語家さんが出るでしょ？　前の人が滑稽話《こっけいばなし》をやったら、次は人情話《にんじょうばなし》にしようかとか、変えていくのよ。」

「へえ、落語って思ったより、ずっとずっと大変だぁ。」

正座《せいざ》の足をくずして、本音をもらしてしまった。正座《せいざ》もなれてきたとはいえ、長くやるのはつらかった。足がしびれてしまう。

ちょっと楽しそうに思えて、ノリでやるっていってしまった。落語ができますっていえたら、特技《とくぎ》としてカッコいいと思ったから。

それなのに、もっと、ゆっくりとか、おしょうさんはおしょうさんらしくとか、気にすることが多くて疲《つか》れてしまう。

それでも、稽古《けいこ》はがんばって続けた。

でも、何回やっても注意されることは減《へ》らない。そうなると、だんだんやる気がしぼんでいった。

もっと自由にしゃべりたい。決まりどおりしゃべるなんて、めんどくさいと、落語を習ったことを後悔《こうかい》する気持ちもふくらんできた。

落語の稽古《けいこ》に時間をとられ、楽しいこともがまんしている。

この前だって、アニメ映画《えいが》に行こうってさそってもらったのに、稽古《けいこ》の日だったからことわったんだ。クラスでそのアニメの話でもりあがっても、話に入れなくてつまらなかった。

「あーあ。どうしてやるなんて、いっちゃったんだろ。」

そんな後ろむきな気持ちは、若葉さんにも伝わったようだ。

「ファイト。今が正念場。もう少しだから。体がおぼえてしまえば忘《わす》れないから。」

何度もはげましてくれるのだが、そのたび、うつむいてしまった。

「話すことがこんなにむずかしいって、知らなかったよ。」

「そうねー。笑わせるって、泣かせるよりずっとむずかしいから。」

それを聞いて、そんなむずかしいこと、わたしにはできっこないって思ってしまった。後ろむきの気持ちは、どんな言葉も悪いほうにとってしまう。

わたしはいつしか、家で練習をしなくなっていた。

4 寄席《よせ》に行ったら

そんなある日、おとうさんが急にいいだした。

「天音、寄席《よせ》に行ってみないか。若葉さんが出るそうだ。舞台《ぶたい》の上の若葉さんをいっしょに見よう。」

寄席《よせ》というのは、大衆芸能《たいしゅうげいのう》をやっている演芸場《えんげいじょう》で、東京《とうきょう》だとおもなところが四か所あるという。今回は新《しん》宿末廣亭《じゅくすえひろてい》に行きたいと、スマホで写真を見せてくれた。

「へえー、ここが寄席《よせ》ってところか。」

新宿末廣亭《しんじゅくすえひろてい》

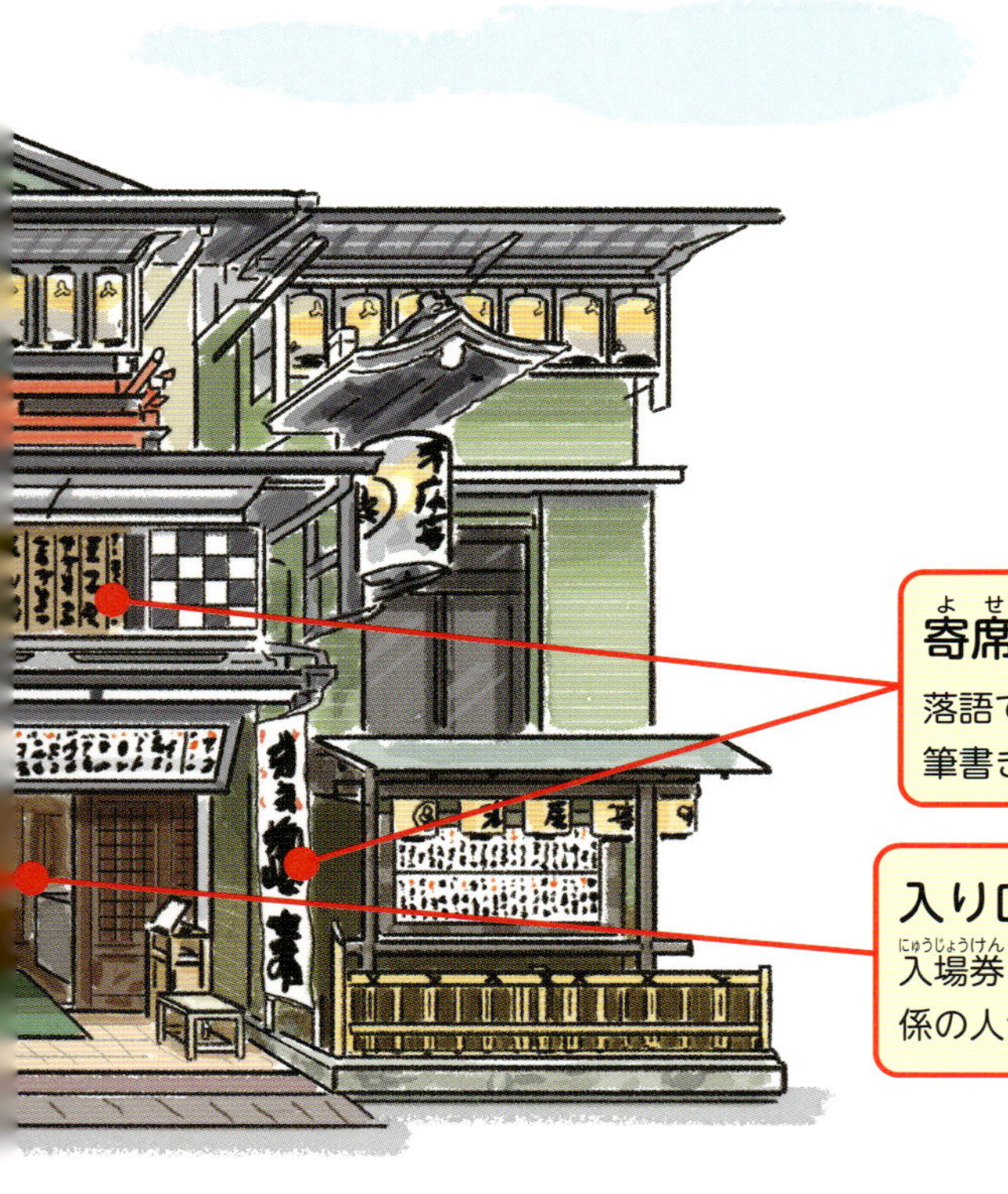

寄席文字《よせもじ》
落語で使われる筆書き文字。
入り口
入場券《にゅうじょうけん》を買って中に入ると、係の人が座席《ざせき》まで案内してくれる。

レトロな建物だった。入り口のまわりに提灯《ちょうちん》がたくさんあり、名前を書いた木札もずらっとならんでいる。その日、出演《しゅつえん》する落語家さんの名前のようだ。

「この名前を書いてる文字、寄《よ》席《せ》文《も》字《じ》というんだよ。文字が太いだろ？満員になるように願をかけて、すきまが少なくなるよう、わざと太い文字で書くんだ。」

「建物も文字も、カッコいい。」

江戸時代にタイムスリップしたみたいな場所で、行ってみたくなった。

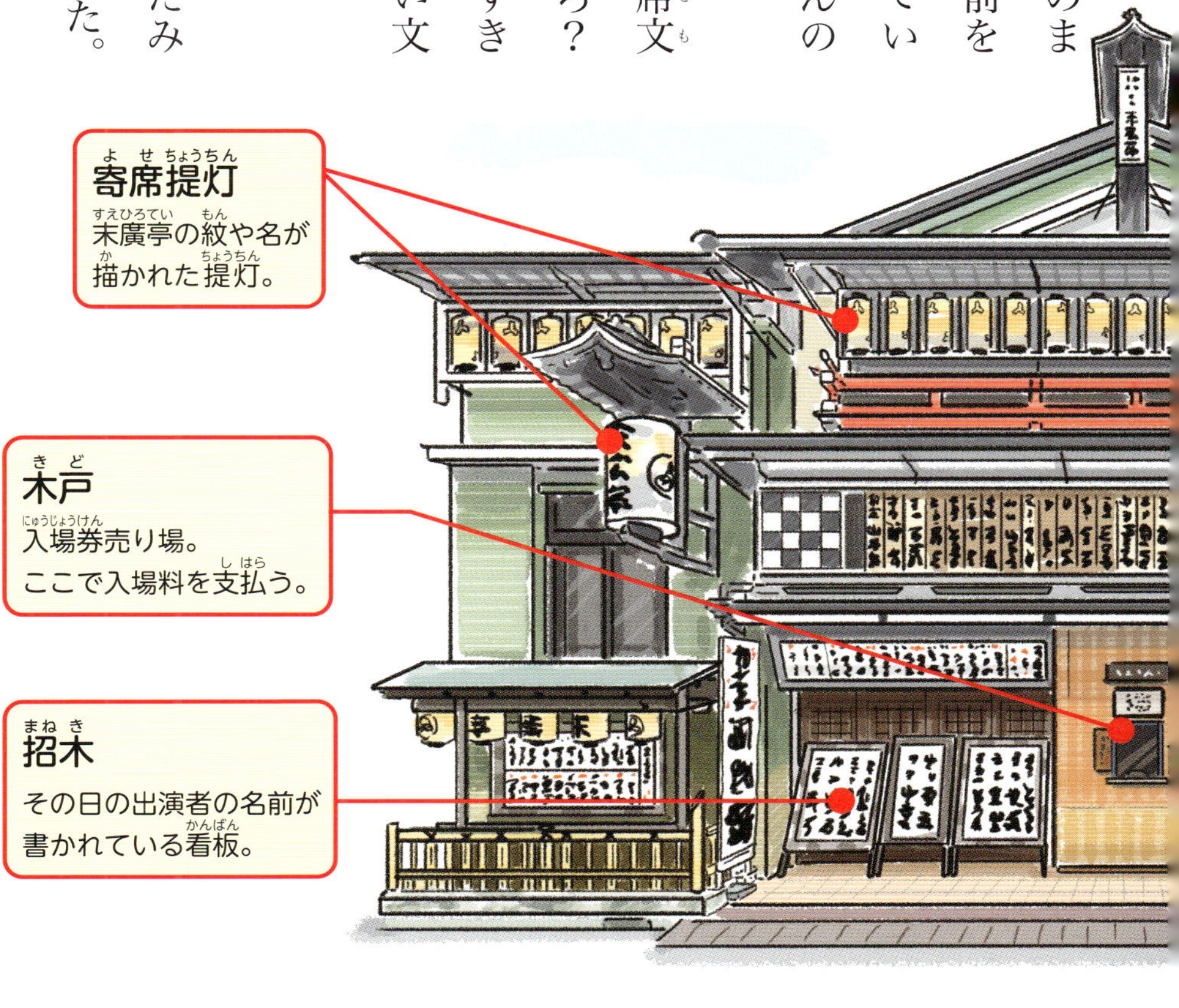

寄席提灯《よせちょうちん》
末廣亭《すえひろてい》の紋《もん》や名が描《か》かれた提灯《ちょうちん》。
木戸《きど》
入場券《にゅうじょうけん》売り場。ここで入場料を支払《しはら》う。
招木《まねき》
その日の出演者の名前が書かれている看板《かんばん》。

寄席《よせ》には、何人もの落語家さんが代わる代わる出演《しゅつえん》するから、いろんな種類の落語を聞けるそうだ。そして若葉さんも出るという。

「ここ、行きたい。寄席《よせ》の若葉さん、見てみたい。」

「じゃ、行こう。天音といっしょに落語が聞けるなんて楽しみだな。」

おとうさんは大きくうなずいた。

次の日曜日。

新宿末廣亭の昼席《ひるせき》におとうさんといっしょに行った。入場券《にゅうじょうけん》を買ってもらって、ドキドキしながら、レトロな建物の中へ。

中に入ると、けっこう空席がめだった。

「すいてるね。」

というと、「まだ、前座だからね。」とおとうさん。

真打ちや人気の落語家は最後のほうに出てくるから、だんだん混《こ》んでくるんだという。

「へんなの。いつからでも見ていいなんて。」

不思議な感じがした。映画《えいが》みたいに上映《じょうえい》の時間にまにあうように入らなきゃいけないわけでなく、とちゅうから見ても、とちゅうで帰ってもかまわないようだ。

「落語はゆるくて自由なのさ。」

まわりを見まわすと、お弁当《べんとう》を食べたり、飲みものを飲んだりしている人もいて、なんか、すごくのんびりしている。いびきをかいて寝《ね》ている人もいて、たしかにゆるい。

寄席《よせ》でやるのは、落語ばかりじゃなかった。漫才《まんざい》やマジックもあったのだ。初めて見たのは紙切りだ。落語家さんと同じような着物を着た人が出てきて、ハサミで紙を自在《じざい》に切っていく。あっというまに、東京《とうきょう》スカイツリーを切ったり、富士山《ふじさん》とさくらを切ったり。

新宿末廣亭内観《しんじゅくすえひろていないかん》
桟敷席《さじきせき》
靴《くつ》を脱《ぬ》いで上がる。
ざぶとんにすわる。
次回の予告《よこく》
次の10日間の出演者名《しゅつえんしゃめい》が
書かれている。
高座《こうざ》
上の板が開くように
なっていて、テーブルにも
下駄箱《げたばこ》にもなる。

客席からのリクエストにもこたえてくれた。お客さんのいったお題で切ってくれるんだ。

「そこのおじょうさん、なにか切ってほしいもの、ある？」

なんとわたしにも聞いてくれたんだ。

「じゃ、クリームソーダ。」

「いいね。おじょうさん、少し、おなかがすいているのかな？　特別にクリームいっぱい、特盛《とくも》りにしておきますね。ほら、ちょちょいのちょい、ちょちょいのちょい。」

鼻歌を歌いながら、すいすいと紙のほうを動かして切っていく。たちまち、クリームソーダの形ができあがった。上にソフトクリームがのっているやつだ。サクランボもある。できあがった紙切りの作品は、おみやげにとわたしてくれたんだ。

「うれしい。もらっちゃった。」

うけとって胸《むね》に抱《だ》きしめると、まわりから「よかったね。」と声がかかった。

なんか、親戚《しんせき》のおばさんやおじさんに囲《かこ》まれているみたいだ。

ここでは、おなかをかかえて爆笑《ばくしょう》するってよりも、ふふふってなごやかに笑うのがにあう。

「観客がなごんで楽しんでいる状態《じょうたい》を、場があたたまるというんだ。」

「へんなの。お風呂屋《ふろや》さんみたいだね。笑いのお風呂《ふろ》だ。」

「いいことというな。ハハハ、天音はよくわかっている。」

いつもは無口なおとうさんも、今日は楽しいせいかよく笑うし、よくしゃべってくれる。おとうさんの別の一面を見つけたみたい。

紙切りのあとは、若《わか》い落語家さんが出てきて、現代《げんだい》を舞台《ぶたい》にしたストーリーの新作落語をやった。

友だちにいいカッコしたくて、有名人と知りあいだとうそをついた大学生。その有名人に会いたいといわれ、似《に》ている友だちを有名人にしたてあげて会わせると、なんと有名人本人と鉢合《はちあ》わせしてしまい……。

うそがばれないようにうそをつき、それをかくすために、もっと大きなうそをつきと、うそがどんどん広がっていき、大学生があたふたするのがおも

しろい。

「こんな話も落語なんだね。」

「新作落語っていって、落語家さんが自分で考えてつくったものだよ。最近は、いろんなネタがあるらしいぞ。映画好き《えいがず》きが話すシネマ落語、体力自慢《たいりょくじまん》が話す筋肉落語《きんにくらくご》、漫画好《まんがず》きが考えた漫画《まんが》ネタの落語。落語もその時代にあうように、変化していくんだな。」

と、おとうさん。

若葉さんが出てきたのは、その次だった。

舞台《ぶたい》の若葉さんは、いつもよりどうどうとキリッとして見えた。男ものの着物をさらりと着こなして、ちがう人みたい。

「カッコいいなー。」

わたしがうっとりと見ほれたときだった。となりにいた、知らないおじいさんがつぶやいたんだ。

「なーんだ。女か。」

ちぇっと舌《した》を鳴らす音もする。

「なんで？」っていやな気持ちになった。女じゃいけないのって、文句《もんく》をいいたかったけど、知らない人だし、こわそうだからがまんしたけど。

若葉さんが演《えん》じたのは、猫《ねこ》が出てくる落語だ。

【猫《ねこ》の皿《さら》】

道具屋さんが、お茶屋をおとずれると、猫《ねこ》がえさを食べている。そのお皿に目をひかれた。そのお皿が、絵高麗《えこうらい》の梅《うめ》鉢《ばち》というかなりの値打《ねう》ちもので、三百両（今でいうと千五百万から三千万円）はくだらない代物《しろもの》だったのだ。道具屋はうれしくなった。そんな高価《こうか》な器《うつわ》で猫《ねこ》にえさを食べさせているのだから、この店主は皿の値打《ねう》ちを知らないのだろう。

梅鉢を安く手に入れたいと道具屋は、お茶屋のだんなに、猫《ねこ》を三両（今でいうと十五万から三十万円）でゆずってくれとたのむ。猫《ねこ》といっしょにえさ

の皿をただでもらうつもりで、猫《ねこ》が好きでたまらないふりもする。そんなに猫好《ねこず》きならばと、猫《ねこ》をゆずってもらえることになった。

だが、えさの皿はわたせないという。

このお皿は、絵高麗の梅鉢という、かなりの値打《ねう》ちものの皿だからと。お茶屋のだんなは、皿の価値《かち》を知っていたんだ。

じゃ、なんで、猫《ねこ》のえさの皿としてつかってるんだと聞くと、そこで『落ち』になる。

「それはですね、お客様、こうしているとときどき、猫《ねこ》が三両で売れるんです。」

若葉さんは深くおじぎをする。

わたしは拍手《はくしゅ》も忘《わす》れるほど、聞き入ってしまっていた。

若葉さんが猫《ねこ》を抱《だ》こうとするしぐさがうまいので、ほんとうに猫《ねこ》がいるように思えるんだ。たぶん、簡単《かんたん》には人間になつかない猫《ねこ》なんだ。若葉さんは、猫《ねこ》を抱《だ》きあげようとして、ひっかかれたり、あばれられたりと、手をやいていた。

猫《ねこ》の性格《せいかく》まで、しぐさと表情《ひょうじょう》であらわすなんて、さすがだ。

そんなふうにわたしはすごく笑ったし、感心もした。なのに、となりのおじいさんは、「ふん、まあまあだね。」とえらそうだ。その態度《たいど》にむかむかして、軽くにらんでやった。

若葉さんは、まじめに落語にとりくんで、バイトしたり、ランニングしたりしてがんばっているのに、女だからって、低く見られるなんてかわいそう。

そのあとも落語や漫才《まんざい》で楽しみ、いっぱい笑った。

だけど、「なーんだ。女か。」って言葉のいやな印象《いんしょう》だけは、心の底にこびりついて消えなかった。

5 伝統《でんとう》とわたしらしさと

次の稽古《けいこ》のとき、わたしは寄席《よせ》に行ったことを報告《ほうこく》した。

「レトロな建物もすてきだったし、落語もすごくおもしろかった。若葉さんもカッコよかった。」

そういったあと、ちょっと目をふせてつけくわえた。

「ただ……、となりのおじいさんに腹《はら》がたった。若葉さんを見てね、『なーんだ。女か。』って、いったんだよ。」

きっと、若葉さんも怒《おこ》ると思って表《ひょう》

情《じょう》をうかがった。なのに、若葉さんは、「ああ、それね。よくいわれる。」と、なんでもないようにいったんだ。

わたしは、まばたきして、若葉さんを見かえす。

「平気なの？　わたしはムカついた。ひどい。差別だよ。」

「そうだけどね、よくいわれるの。落語家は何百年も男の人中心だったから、男がやるものだって思ってる人がまだいるの。」

それまでの古い考えが残っているんだと、若葉さん。

「寄席《よせ》の楽屋には、女性《じょせい》が着がえるところもなかったのよ。女性《じょせい》落語家が出ると、席を立つ人までいたくらい。女性《じょせい》落語家がふえたのはごく最近なの。天音さんも思わなかった？　落語家といったらおじいさんだって。」

「あっ。」

そうといえば、最初、そう思ったんだ。落語家と聞いたときはおじいさんだと思いこんでいた。

「そうでしょう？　それに、古典落語は男性《だんせい》が主人公のものがほとんど。男性《だんせい》の声でやったほうが、主人公らしかったりするの。」

「そうなのか。じゃ、女性《じょせい》が落語をやるって、男の人がやるより、むずかしいんだね。」

「そういう一面もあるけど、だからこそやりがいがある。簡単《かんたん》ですぐにだれにでもできることより、壁《かべ》があったほうが挑戦《ちょうせん》しがいがあるじゃない？　最近は、女性《じょせい》落語家が活躍《かつやく》し始《はじ》めてる。なかには男性《だんせい》顔まけの人気の人もいるから、おじいさんの言葉にがっかりしてなんていられない。時代は変わっていくんだから。」

若葉さんはくしゃっと笑うと、扇子《せんす》でふとももをポンとたたいた。わたしは、はっとした。若葉さんの細い体には、夢《ゆめ》にむかっての思いがぎゅっとつまっている。

これまでのわたしは、楽してほめられたいって思っていた。

落語もすぐにできると思ったから挑戦《ちょうせん》したし。
でも、若葉さんはちがう。むずかしいことに挑戦《ちょうせん》して、自分をためすことにやりがいを感じている。夢《ゆめ》にむかっての覚《かく》悟《ご》が決まっているんだ。
「さて、これからのお稽古《けいこ》、どうする？　せっかく暗記できてるからがんばってほしいけど、あんまりつらいならムリすることもないのよ。」
若葉さんがやさしくそういってくれた。わたしが伸《の》び悩《なや》んでいること、全部、伝わっていたみたい。

「うーん。やりたい気持ちもあるけど、うまくできないから自信がない。落語って、考えなきゃいけないこと、たくさんあってわからなくなる。顔のむきとか、しぐさとか。顔のむきのこと考えると、セリフを忘《わす》れちゃうし。」

「そっか。上下《カミシモ》もつけるのがむずかしいのか。わかった。じゃ、こうしましょ。天音さんは、まず、上下《カミシモ》はやめて、まっすぐ前をむいてしゃべっちゃいましょ。」

若葉さんは、パンと手をたたいた。

「それでいいの？　それなら、楽だけど。」

「だいじょうぶ。基本《きほん》は大事だけど、すべてお手本どおりにしなくてもいいのよ。落語はね、話す人によって、いろんなアレンジをしてもいいの。それが、その人の味になるならね。同じ落語でも、落語家さんによってちがう演《えん》出《しゅつ》、ちがう工夫《くふう》をしたりする。だから、上下《カミシモ》はつけないけど、天音さんらしいアレンジをつけてみたら？　そしたら、世界で一つの天音さんの落語ができる。」

「わたしらしいアレンジか。」

その言葉は、心にすとんとささったんだ。

自分で考えて、落語を工夫《くふう》してもいいと思ったら、なんだか心が躍《おど》った。

やってみたいって思えてきた。

「じゃ、考えてみます。わたしができることを。」

とうとう本番の日がきた。

老人ホームの控《ひか》え室《しつ》で、わたしは緊張《きんちょう》して水ばかり飲んでいた。

若葉さんに、自由にわたしらしく話していいといわれてから、あれこれ工夫《くふう》して今日までがんばって練習してきた。

それが今日の観客に通じるかどうか。

胸《むね》がドキドキ高鳴って、落ちつかない。

時間になって、今日の舞台《ぶたい》がある食堂《しょくどう》に行くと、大きな拍手《はくしゅ》でむかえられた。

まん中におかれたざぶとんにすわる。心臓《しんぞう》が胸《むね》をやぶるくらい高鳴りだした。

まず、ふかぶかとおじぎをした。聞いてくれるお客さんあっての落語家。

どうかお願いしますと、頭をさげる。

それから、落語を始めるときの決まり文句《もんく》をいう。

「毎度ばかばかしいお笑いを一席、おつきあい願います。」

大きな声ではっきりいったら、体の芯《しん》からむくむくと元気がわいてきた。

よし、こうなったら、思いっきり楽しんじゃおう。

わたしは『転失気』を演《えん》じ始《はじ》めた。

わたしが工夫《くふう》したのは、珍念の言葉だ。思い切って、今風の言葉もつかうことにしたんだ。そのほうが、わたしがのって話せる。

「なるほど。」といわないで、「なーる。」といったり、おどろくとき、「マジか！」っていったり。いつもつかってる言葉だから、話していて楽しい。

「なーる。」っていうときはあごに手をあてて、「マジか！」っていうときは両手を横にひらき、目を見ひらいた。

これが成功！　ちょっとなまいきな小僧《こぞう》に見えたようで、それから、あごに手をあてて「なーる。」といったり、目を見ひらいて「マジか。」っていったりするたび、笑ってもらえた。

おしょうさんが話すときは、少しそっくりかえって、えらそうに話すようにした。オッホンなんて、せきばらいもたびたびした。

反対にお医者さんは、前かがみになり、まじめそうに目をしばしばさせた。

演《えん》じわけはうまく伝わったようで、お年寄《としよ》りもスタッフさんも、笑ってくれた。

ちゃんと聞いてもらえるって、すごく気持ちいい。胸《むね》のおくにホカホカとあたたかいものがたまっていく感じがする。

これだな、若葉さんがいっていた落語のよさって。

笑い声で、会場の空気もあたたかくなっていた。場がなごんでいるんだ。

その中心に、わたしがいて、笑いを届《とど》けている。なんかとってもいい気分。

そろそろ、最後のシーンだ。

『転失気』が入っているという木箱をわたされたお医者さん。

「はて、これは盃《さかずき》ではありませんか。わたしがいった『転失気』は、『おなら』のことでして。」

そこでやっと、おしょうさんは『転失気』のほんとうの意味がわかり、珍念に一杯《いっぱい》食わされたことを知る。

お医者さんが帰ったあと、おしょうさんは顔をまっ赤にして珍念をしかった。

「わしは恥《はじ》をかいたではないか。こんなふうに人をだまして、おまえははずかしいと思わないのか。」

そのあとの珍念の言葉が、この落語の『落ち』となる。

いい終わると同時に、お年寄《としよ》りたちがどっと笑ってくれた。おならと
『屁《へ》』をかけたんだ。

「いいえ、おしょうさま、
こんなことは、
『屁《へ》』でもありませんよ。」

ちゃんと伝わって笑ってもらえた。

よかった、終わったと思ったとたん、体中の力がぬけていった。ピンとはっていた緊張《きんちょう》が一気にとけたんだ。

じっとしたまま動けないでいると、若葉さんがあわててむかえにきてくれた。足がしびれたと思ったみたい。

たしかに足はしびれていて、ざぶとんから立ちあがろうとして、よろけてしまった。

そんなちょっとカッコ悪いわたしを、お年寄《としよ》りたちは、口々にほめてくれた。

「よくできたね。おもしろかったよ。」

「小僧《こぞう》さんがかわいらしかった。」

「お医者さんがおどろいたときの顔が、ほんとによかった。」

それを聞いたときは、心の中で「ヤッター!」と火花がはじけた。がんばって、工夫《くふう》したところだから。

若葉さんも、「どきょうがあって、びっくり。百点のでき。」といってくれた。

休憩《きゅうけい》が終わると、今度は若葉さんの落語だった。

演目《えんもく》は『子別《こわか》れ』という人情話《にんじょうばなし》で、わたしは、観客席でそれを聞いた。

『子別れ』は、けんか別れした夫婦《ふうふ》の仲を、子どもがとりもつという話で落語では有名な演目《えんもく》らしい。ちょっとなまいきでちゃっかりした子どもの口調にくすりとしたり、実はお互《たが》いを心配している夫婦《ふうふ》の気持ちにほろりとしたり。

やっぱり若葉さんはうまいなー。

涙《なみだ》ぐんでいるお年寄《としよ》りが何人もいる。今はいっしょに暮《く》らしていない家族のことを思いだしてるのかもしれない。

たいせつなだれかのことを思いだすような、あたたかい落語なんだ。

『子別れ』の『落ち』は、「子は鎹《かすがい》といいますからね。」としみじみする夫婦《ふうふ》に、子どもが「道理でおいらのことトンカチでぶつっていってた。」というもの。

あとでわかったのだが、鎹《かすがい》は、トンカチでたたいて

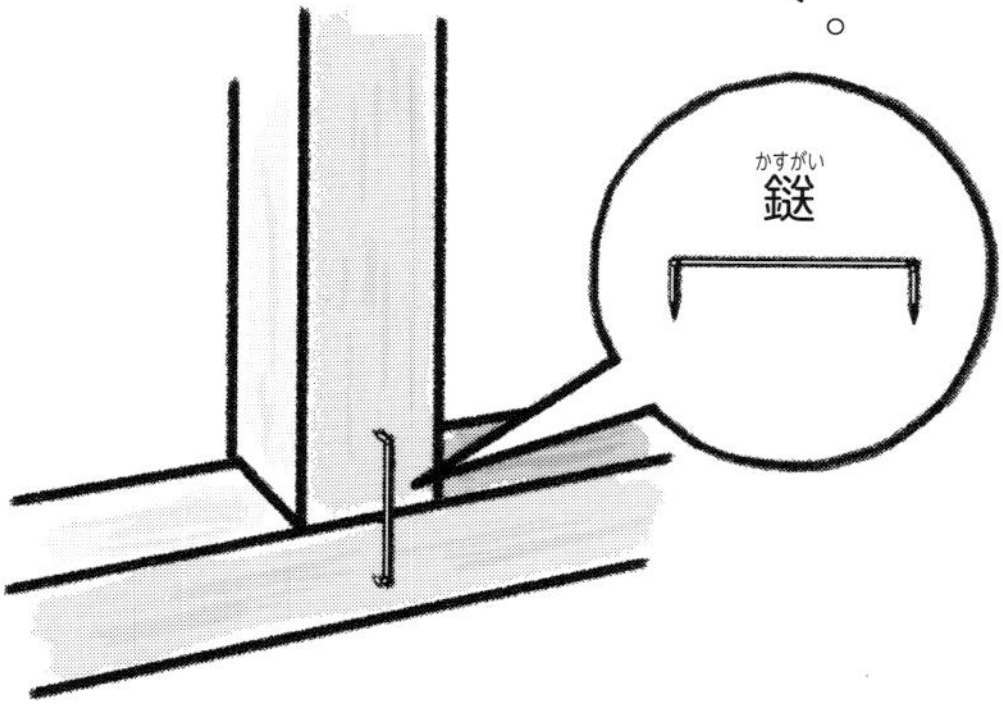

つかう金物の留《と》め具《ぐ》のことで、子どもが夫婦《ふうふ》をつなぎとめる留《と》め具《ぐ》になったという意味だ。なのに、子どもは自分が怒《おこ》られたとき、トンカチでぶつとおどかされたことを思いだしたってわけ。

若葉さんの落語が終わったあと、もう一度、わたしも舞台《ぶたい》にあがり、いっしょにおじぎをした。拍手《はくしゅ》が会場いっぱいにひびきわたっている。こちらを見つめるやさしげな顔、顔、顔。

「わたしの話、聞いてくださって、ありがとう。」

今、心からそう思えるのだった。

若葉さんと二人の帰り道。

夕焼けが西の空、全体に広がってとてもきれいだった。白い三日月が、雲間にうかんでいる。

「終わったね。疲《つか》れたでしょ。どうだった？」と感想を聞かれ、「やってよかった。」と答えた。お年寄《としよ》りたちの笑顔《えがお》に元気をいっぱいもらったからだ。

そして、ちょっと自信もついた。あきらめないで、やりぬくことができたって自信だ。

「そうでしょ。演《えん》じて、よろこんでもらえるまでやらないと、落語のほんとうのよさはわからないのよ。珍念のセリフを今風にしたところ、よかったよ。」

若葉さんは、わたしの工夫《くふう》が、このネタにぴったりはまってたといってくれる。

「今度は小学校でも、落語を披露《ひろう》してみたら。人気者になれるかも。」

「うん。先生にたのんでみようかな。」

ホームルームの時間なら、きっとＯＫしてもらえるはずだ。わたしが工夫《くふう》した落語、みんなどんな顔で聞いてくれるだろう。

「でも、ちょっとはずかしいな。ドキドキしそう。」

知っている顔の前でやるとなれば、今日以上に緊張《きんちょう》しそうだ。

「だいじょうぶ。天音さんなら、きっとやれる。舞台度胸《ぶたいどきょう》、あったから。わたしが保証《ほしょう》する。」

「じゃあ、がんばってみようかな。それだったら、やる前に、サツマイモをたくさん食べなきゃな。」

「えっ、なんで、サツマイモ？」

若葉さんはけげんな顔をする。

わたしはにやりとして、しっかり間をとり、落語の『落ち』っぽくいった。

「いい『転失気』が出るように。」

おあとがよろしいようで。

完

おはなし
日本文化
ひとくちメモ

粋《いき》な笑いのセンスで、庶民《しょみん》に愛され続けてきた落語

道具は扇子《せんす》とてぬぐい。
会話とうごきだけでみんなを笑いの世界へ。
日本語が生み出した豊《ゆた》かな話術《わじゅつ》の文化！

落語のはじまり

江戸時代《えどじだい》は、落語を「落《お》とし咄《ばなし》」といいました。落ち（サゲ）のある笑い話のことで、これが明治時代になって「落語」と呼《よ》ばれるようになりました。

では、落語はどのように誕生《たんじょう》したのでしょうか？

戦国時代から安土桃山時代《あづちももやまじだい》にかけて、織田信長《おだのぶなが》や豊臣《とよとみ》秀吉《ひでよし》などの武将《ぶしょう》のそばで、彼《かれ》らの話し相手をした御伽《おとぎ》衆《しゅう》（御咄衆《おはなししゅう》）という人たちがいました。彼《かれ》らが話した笑い話が落語の起源《きげん》といわれています。

江戸時代になって、京都の僧侶《そうりょ》・安楽庵策伝《あんらくあんさくでん》によって、御伽衆の笑い話が『醒睡笑《せいすいしょう》』という書物にまとめられました。このなかには「子ほめ」「たらちね」といったいまも有名な落語の原型《げんけい》があり、策伝を「落語の祖《そ》」という人もいます。

十七世紀《せいき》後半になると、落語を職業《しょくぎょう》とする人たちがあらわれました。京都では露《つゆ》の五郎兵衛《ごろべえ》が路上で、大坂（大阪）では米沢彦八《よねざわひこはち》が神社に人を集めて噺《はなし》をきかせていました。一方、江戸（東京）では鹿野武左衛門《しかのぶざえもん》が武士《ぶし》の屋敷《やしき》に招《まね》かれお座敷《ざしき》で語りました。彼《かれ》らは客から金をもらいながら噺《はなし》を披露《ひろう》していました。

十八世紀《せいき》末には、「寄席《よせ》」と呼《よ》ばれる演芸場《えんげいじょう》ができて、たくさんの落語家が生まれました。江戸では、初代三笑亭可楽《さんしょうていからく》が寄席《よせ》での興行《こうぎょう》をはじめ、初代三遊亭圓生《さんゆうていえんしょう》、弟子《でし》の二代目圓生《えんしょう》などが活躍《かつやく》、上方《かみがた》（大阪・京都を中心とする関西地方）では、初代桂文治《かつらぶんじ》が寄席《よせ》をさかんにし注目を集めました。

幕末《ばくまつ》から明治時代にかけては、二代目圓生の弟子《でし》・初代三遊亭圓朝《えんちょう》が活躍《かつやく》。彼《かれ》は、そのたくみな話術《わじゅつ》で、庶民《しょみん》の娯楽《ごらく》だった落語を「芸《げい》術《じゅつ》」に高めたといわれています。

江戸時代後期の寄席《よせ》のようす（一恵斎芳幾《いっけいさいよしいく》画『春色三題噺《しゅんしょくさんだいばなし》』）
東京都立図書館デジタルアーカイブ（東京都立中央図書館蔵）

江戸《えど》落語《らくご》と上方《かみがた》落語《らくご》

若葉《わかば》さんが話していた落語家の階級（真打ち制度《せいど》）。じつは、東京の「江戸落語」だけの制度《せいど》で、関西の「上方落語」にはありません。

このように江戸落語と上方落語にはいろいろな違《ちが》いがあります。もっとも大きな違《ちが》いは、江戸落語は江戸《えど》っ子《こ》が使うような江戸言葉《えどことば》を、上方落語は大《おお》阪弁《さかべん》などの上方言葉《かみがたことば》を使うことです。そのほかにも、使う道具や落語の内容《ないよう》などにも違《ちが》いがあります。これらの違《ちが》いは、それぞれが歩んできた歴史《れきし》や土地の文化によって生まれたのです。

	江戸落語	上方落語
言葉	江戸言葉	大阪弁《おおさかべん》などの上方言葉
道具	基本《きほん》は扇子《せんす》とてぬぐい	扇子《せんす》・てぬぐいにくわえ、見台《けんだい》・膝隠《ひざかく》しを使うことも。小拍子《こびょうし》を見台に打ちつけて効果音《こうかおん》をだす。
落語の内容《ないよう》	人情話《にんじょうばなし》が中心。職人《しょくにん》や侍《さむらい》の話が多い。	滑稽話《こっけいばなし》が中心。商人を主人公にしたものが多い。

江戸落語

上方落語

落語の登場人物のくらし

熊《くま》さんや八《は》っつぁんなど、落語の登場人物たちは「長屋《ながや》」という江戸時代の集合住宅《しゅうごうじゅうたく》に住んでいました。長屋には、表通りに面した表長屋《おもてながや》と、表通りから路地《ろじ》を入ったところにある裏長屋《うらながや》がありました。表長屋には比較的裕福《ひかくてきゆうふく》な商人や職人《しょくにん》が住み、江戸時代の庶民《しょみん》の多くは裏長屋に住んでいました。

裏長屋は、いくつかの部屋がつらなった細長い家で、一つの部屋は、幅《はば》が九尺《しゃく》（約二・七メートル）、奥行《おくゆ》き二間《けん》（約三・六メートル）の広さが一般的《いっぱんてき》でした。トイレや井戸は共同で使いました。井戸の水は洗《せん》濯《たく》や洗《あら》い物《もの》に使い、飲み水や料理には、水屋からきれいな水を買っていたようです。

長屋を管理するのが大家《おおや》。大家に店賃《たなちん》（家賃《やちん》）を払《はら》って、部屋を借りている人を店子《たなこ》といいます。熊さんや八っつぁんは、きっと店子だったのでしょう。

長屋では井戸を共同で使い、洗濯《せんたく》や洗《あら》い物《もの》に利用していた。
『繪本時世粧《えほんいまようすがた》』（歌川豊国《うたがわとよくに》画）より
国文学研究資料館所蔵（国書データベース）

赤羽じゅんこ｜あかはね じゅんこ

東京都出身。『おとなりは魔女』（文研出版）でデビュー。『がむしゃら落語』（福音館書店）で、第61回産経児童出版文化賞ニッポン放送賞、『なみきビブリオバトル・ストーリー 本と4人の深呼吸』（共著 さ・え・ら書房）で、第4回児童ペン賞企画賞を受賞。『ぼくらのスクープ』『おはなしサイエンス 危険生物 ひょうたん池の怪魚？』『ペット探偵事件ノート 消えたまいごねこをさがせ』（以上、講談社）、『ひと箱本屋とひみつの友だち』（さ・え・ら書房）、『AIマスクはいかがですか？』（フレーベル館）、『おおなわ 跳びません』（静山社）など著書多数。日本児童文学者協会理事。

フジタヒロミ

静岡県に生まれる。女子美術大学油絵科卒業。グラフィックデザイナーを経て、イラストレーターとなる。テキストブック・書籍・雑誌等のイラスト、キャラクターデザインのほか壁画・雑貨なども手がけ幅広く活躍中。最近の仕事に『地球防災ラボ 実験でしくみを知って、命を守る』（岩崎書店）、『教えて！ 池上彰さん 沖縄から考える戦争と平和』（小峰書店）などがある。

参考資料（ウェブサイトの参照月はいずれも2024年10月）
・『ふらりと寄席に行ってみよう』佐藤友美／著（辰巳出版）
・少年少女古典文学館『江戸の笑い』興津要／著（講談社）
・『面白いほどよくわかる 落語の名作100 あらすじで楽しむ珠玉の古典落語』十一代目金原亭馬生／監修（日本文芸社）
・『決定版 心をそだてる はじめての落語101』
　講談社／編集、高田文夫／監修、石崎洋司・金原瑞人・もとした いづみ・令丈ヒロ子／文（講談社）
・『桂二葉本』村田恵里佳／取材・文（京阪神エルマガジン社）
・和樂web「落語って何？いつから始まったの？世界に誇る伝統芸能を3分で解説」
　https://intojapanwaraku.com/rock/culture-rock/206111/
・エンタメ特化型情報メディア スパイス
　「立川こはる＆春風亭ぴっかり☆インタビュー『明治座らくご祭2018 ～わっと笑って年越そう～』の見どころとは？」
　https://spice.eplus.jp/articles/217915
・NHK NEWS WEB「WEB特集 "都合のいい女" なんかいない 女性落語家の挑戦」
　https://www3.nhk.or.jp/news/html/20220126/k10013450211000.html

おはなし日本文化　落語
まいどばかばかしいお笑いを！

2024年11月26日　第1刷発行	発行者	安永尚人

	発行所	株式会社講談社
		〒112-8001 東京都文京区音羽2-12-21
作　赤羽じゅんこ	電話　編集 03-5395-3535
	販売 03-5395-3625
絵　フジタヒロミ	業務 03-5395-3615
	印刷所	共同印刷株式会社
	製本所	島田製本株式会社

KODANSHA

N.D.C.913 79p 22cm ©Junko Akahane / Hiromi Fujita 2024 Printed in Japan ISBN978-4-06-537473-3

定価はカバーに表示してあります。落丁本・乱丁本は、購入書店名を明記のうえ、小社業務あてにお送りください。送料小社負担でおとりかえいたします。なお、この本についてのお問い合わせは、児童図書編集あてにお願いいたします。
本書のコピー、スキャン、デジタル化等の無断複製は著作権法上での例外を除き禁じられています。本書を代行業者等の第三者に依頼してスキャンやデジタル化することは、たとえ個人や家庭内の利用でも著作権法違反です。

ブックデザイン／脇田明日香　コラム／編集部
本書は、主に環境を考慮した紙を使用しています。

VEGETABLE OIL INK